Wohin gehst du, Jonas?

Gisela Heitmann, Magdalena Heitmann, Ina Klara Heitmann

Wohin gehst du, Jonas?

Eine Geschichte, die zum Weinen einlädt

Impressum:

© 2005 Gisela Heitmann, Magdalena Heitmann, Ina Klara Heitmann
Herstellung und Verlag: Books on Demand GmbH, Norderstedt
ISBN: 3-8334-3389-2

In Erinnerung an all jene,
die wir in unseren
Herzen tragen

Mama weinte. Sie nahm Theresa fest in ihre Arme. Theresa konnte nicht weinen. Sie fühlte sich völlig leer im Kopf. Mama sagte es noch einmal: „Hast du mich verstanden, Theresa? Jonas ist tot. Sein Vater hat gerade angerufen. Jonas ist heute Morgen im Krankenhaus gestorben."

Theresa nickte. Sie hatte gehört, was Mama sagte. Jonas, ihr bester Freund seit sie denken konnte, war tot.

Sie hatte gewusst, dass er sehr krank war. Als sie ihn besucht hatte, lag Jonas blass und still in seinem Bett. Aber er hatte sie angelächelt mit seinen freundlichen Augen, ganz ihr alter Jonas. Und jetzt?

Theresa verspürte dieses dumpfe Gefühl im Bauch, dass nie mehr etwas so sein würde, wie es einmal war. Plötzlich liefen ihr die Tränen über das Gesicht und sie dachte: „Wohin gehst du, Jonas?"

„Mama, was ist jetzt mit Jonas? Was ist, wenn man tot ist?", fragte Theresa nach einer Weile. Mama konnte kaum antworten. Theresa merkte, wie traurig auch Mama war. „Jonas' Körper beerdigen wir auf unserem alten Waldfriedhof, den kennst du ja. Seine Seele ist jetzt im Himmel bei Gott", sagte Mama schließlich.

Und Mama fügte hinzu:
„Aber so genau weiß das keiner."
Theresa lief zu Steffen.
Ihr großer Bruder saß wie so oft vor dem Computer und las seine E-Mails.
„Na, kleine Kröte, was ist los?", fragte Steffen.
„Jonas ist tot!", sagte Theresa.
Steffen drehte sich langsam auf seinem Drehstuhl zu ihr um.

Er sagte nichts, aber sie sah, dass er schluckte. „Was ist, wenn man tot ist?" Steffen zuckte die Schultern: „Meinst du medizinisch?" Theresa schüttelte den Kopf; das hörte sich nach einem seiner endlosen Vorträge an. „Tja, das weiß niemand so ‚hundert pro', kein User im ganzen Internet. – Ich hoffe, was Schönes."

Er sah sie zögernd an.
„Du, ich glaube, dass
danach noch etwas ganz
Cooles kommt."
Verlegen drehte er sich
wieder zu seinem
Computer um und tat so,
als würde er lesen. Aber
Theresa sah, dass er sich
über seine Augen
wischte.

Theresa lief zu Opa in den Garten hinaus. Opa wusste es auch schon, das sah sie sofort. „Opa, wohin geht man, wenn man tot ist?" „Hmm, hmmm", räusperte sich Opa, „man sagt, in den Himmel." „Wie sieht denn der Himmel aus, Opa?"

Theresa dachte an das Bild vom Himmel: lauter Engel in weißen Kleidchen mit Musikinstrumenten. Das würde Jonas gar nicht gefallen! Weder die weißen Kleider noch die Geigen und Trompeten! Opa überlegte lange: „Wir wissen es nicht genau, wie es im Himmel aussieht und wo er ist. Sicher nicht da bei den Wolken." Opa zeigte in

die Luft.

„Und immer wenn wir Menschen etwas nicht genau wissen oder uns nichts Genaues vorstellen können, dann reden wir in Bildern. Du sagst ja auch, dein Bruder Steffen macht einen Höllenlärm oder es regnet wie aus Eimern.

Mein Bild vom Himmel gleicht einem großen Garten mit bunten Blumen und einer riesigen Wiese." Theresa konnte das gut verstehen. Opa liebte seinen Garten und saß gerne – so wie jetzt – auf seiner Bank mitten auf der Wiese.

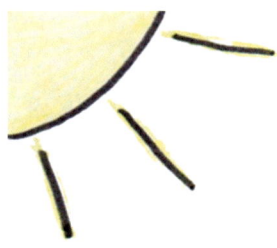

Eine große Wiese, das würde Jonas schon eher gefallen, dann könnte er wenigstens Fußball spielen.

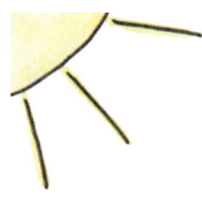

Theresa sah, wie ihr Freund Max mit dem Fußball unter dem Arm auf sie zukam. Ohne ein Wort ging sie auf ihn zu und nahm ihn in den Arm. Und Max wehrte sich nicht. Max, der sonst sagte „Mädchenkram", war genauso hilflos wie sie.

Nie wieder würden Jonas, Max und sie auf Opas Wiese Fußball spielen, gemeinsam Seilchen springen oder in Max' Baumhaus sitzen. Nie wieder würde Jonas einen seiner Superwitze erzählen, über die Max und sie ewig lange lachen konnten.

„Opa meint, vielleicht ist der Himmel wie eine große Wiese", sagte Theresa. Max blickte zum ersten Mal auf. „Meinst du, da kann man auch Fußball spielen?", fragte Max. Jonas ohne Fußball – das konnte er sich nicht vorstellen. „Bestimmt", überlegte Theresa, das musste einfach so sein.

„Herr Obermann, unser Nachbar, hat zu Papa gesagt, nach dem Tod kommt gar nichts. Da ist man nur mausetot und liegt in seinem Grab", erzählte Max.

„Herr Obermann ist ein Blödmann, ein Oberblödmann, ein Obermannoberblödmann ist er!", wiederholte Theresa, was Jonas immer von ihm gesagt hatte, wenn es Ärger gab wegen des Fußballs in Obermanns Garten. „Ein Obermannoberblödmann ist er", echote Max und sie lächelten ein wenig.

Am nächsten Morgen war es ganz still in der Klasse 3b. Frau Wedekind erzählte der Klasse vom Tod ihres Mitschülers. Alle redeten durcheinander, manche weinten, andere saßen still da wie Theresa. Frau Wedekind redete noch eine ganze Zeit über Jonas und wie er sie alle immer zum Lachen gebracht hatte.

Dann schmückten sie seinen Sitzplatz. So sollte es eine Zeit lang bleiben. Ein Satz blieb Theresa im Gedächtnis: „Jonas lebt immer in unseren Herzen weiter."

Nach der Schule kam Theresas ältere Schwester Judith zu ihr ins Zimmer. „Na, wie geht's dir, Schwesterherz?" Theresa schluckte: „Wie stellst du dir das denn vor, wenn man tot ist wie Jonas? Der Pastor hat in der Schule von der Auferstehung geredet, aber das kann ich mir nicht vorstellen."

Judith dachte lange nach. „Nun - es gibt einen Bibeltext, in dem sagt Jesus: ‚Im Hause meines Vaters sind viele Wohnungen.' Für jeden ist ein Platz vorgesehen. Diese Vorstellung gefällt mir: viele Wohnungen, auch ganz unterschiedliche, für den einen so, für den anderen so."

Theresa dachte nach. Der Gedanke war nicht schlecht. In Gottes Haus wohnen, ein anderes Zuhause finden, ein neues Zuhause für Jonas!

Theresa kannte Beerdigungen. Sie war schon bei Omas Begräbnis dabei gewesen. Aber Oma war schon alt und krank. Jetzt war es anders. Dort in diesem kleinen weißen Sarg sollte ihr Jonas liegen? Der frohe Jonas, der immer in Bewegung, witzig, ungeduldig, stark, manchmal etwas quirlig, voller Ideen, sportlich, immer ihr Beschützer

und Freund war?

Theresa wusste hinterher nicht mehr viel von diesem Tag. Sie und Max hatten Jonas bis zum Grab begleitet. Dann waren sie still zurückgelaufen und hatten sich in Max' Baumhaus verkrochen.

Theresa holte ein Foto aus ihrer Tasche, da hatte Papa sie alle drei fotografiert: Max, Jonas und Theresa – wie sie lachend „Cheese" in die Kamera riefen. Sie schauten es sich an. Max drehte es in seiner Hand hin und her: „Sollen wir es hier bei uns aufhängen?" „Prima die Idee, dann ist er immer irgendwie da."

Max nickte. Dann hängte er das Bild sorgfältig auf. Theresa sah zu. Sie wusste, sie würden niemals mehr so zu dritt sein wie damals. Aber wie Frau Wedekind gesagt hatte, Jonas würde immer in ihren Herzen bleiben!

Liebe erwachsene Leser,

wenn ein uns sehr nahe gehender, manchmal tragischer Todesfall unsere Familie, Freunde oder Gruppe trifft, dann sind wir oft ratlos, wie wir mit Kindern über den Tod sprechen können. Auch sind wir in unserer eigenen Trauer manchmal viel zu betroffen, um auf das trauernde Kind einzugehen. Wir können die Fragen nach dem Warum und Wohin nicht endgültig beantworten. Sie drängen sich uns selber schmerzlich auf. Ein Kind, das aber mit dem Tod eines nahen Menschen konfrontiert wird, braucht unsere Hilfe und unseren Trost.

Diese Geschichte, die wörtlich gemeint „zum Weinen einlädt", möchte Anstoß sein, gemeinsam zu trauern. Von unseren Hoffnungen und Vorstellungen über das Danach können wir nur in Bildern sprechen.

Deswegen bietet dieses Buch eine Reihe von bildhaften Vorstellungen, die zum Gespräch anregen sollen. Kinder und Erwachsene können ihre eigenen Gedanken und Bilder austauschen, ihre Ängste und Hoffnungen.

Die Zeichnungen zu den Texten stammen von der zehnjährigen Ina Klara. Mit den Augen eines Kindes soll die Geschichte Kindern näher gebracht werden.

Nicht immer trauern Kinder sofort. Manchmal wollen sie zunächst nicht über den Tod und den Verlust sprechen. Sie schieben ihre Ängste fort und leben scheinbar ganz normal weiter.

Aber ihre Trauer ist da. Irgendwann bricht sie auf, vielleicht erst lange Zeit später. Wir müssen Kindern Zeit und Raum geben und sie manchmal zum Weinen einladen.

Text:	Gisela Heitmann
	Magdalena Heitmann
Zeichnungen:	Ina Klara Heitmann